Esclava por una Semana
Serie Completa

Erika Sanders

Dominación y Sumisión Erótica

Sinopsis

Erika acepta ser la esclava de Sandra durante una semana...

Esclava por una Semana es una novela de fuerte contenido erótico BDSM y, a su vez, una nueva novela perteneciente a la colección **Dominación y Sumisión Erótica**, una serie de novelas de alto contenido BDSM romántico y erótico.

(Todos los personajes tienen 18 años o más)

Erika Sanders es una conocida escritora a nivel internacional, traducida a más de veinte idiomas, que firma sus escritos más eróticos, alejados de su prosa habitual, con su nombre de soltera.

Indice

ESCLAVA POR UNA SEMANA
SERIE COMPLETA
ERIKA SANDERS

PRIMERA PARTE

"Entiendes", me dijo Sandra, "que una vez que entras en mi casa, lo que yo digo vale. Obediencia completa y total".

"Um, sí," dije un poco aprensiva.

"No, um, sí", dijo con firmeza, "Sí, señora".

"Sí, señora", le dije con un poco más de convicción.

"Mucho mejor." Abrió la puerta y la apartó para que yo entrara. Pasé junto a ella, remolcando el maletín que contenía las cosas que había traído conmigo y me quedé en el pasillo. Sandra cerró la puerta y pasó junto a mí. Examiné su pavoneo seguro. Era alta, casi 6' pies de altura. Mido solo 5'2 "y me sentí empequeñecida por ella. Tenía un culo de forma encantadora, caderas curvas agradables y pechos grandes en forma de C. Estaba enamorada.

Nos conocimos en un pub y después de hablar toda la noche, ella me preguntó si tenía la mente abierta. Le dije que sí y luego me preguntó si me consideraba más dominante o sumisa.

Tuve que pensar en eso. Sé lo que quiero, pero también soy feliz cuando alguien está dispuesto a hacerse cargo y decirme qué hacer. Le dije que yo era sumisa.

Me había sorprendido cuando me preguntó si me gustaría ser su esclava.

"¿Qué quieres decir?" le había preguntado.

"Quiero decir que vengas a mi casa y te quedes conmigo y hagas todo lo que te pida.

"¿Sexualmente?"

"Todo." Tuve que pensar. Hablamos de otras cosas, bailamos, bebimos y casi al final de la noche nos besamos. Fue un beso maravilloso, poderoso y lleno de lujuria. Puse mi mano en su pecho y ella la quitó y me miró a los ojos.

"Eso es para mi esclavo", dijo.

"Entonces quiero ser tu esclava".

Y ahora aquí estábamos, una semana después. Habíamos acordado una prueba de una semana.

"Aún no te has ganado el derecho a usar ropa Erika, quítatela toda". Dudé y ella se acercó a mí. "No me molestes al principio Erika, o se llevará a cabo el castigo. Quítatelo todo".

"Sí, señora", le dije. Me quité los zapatos y luego me quité los calcetines también. Desabroché mis jeans y los deslicé por mis piernas mientras Sandra me miraba. Luego me saqué la camiseta por la cabeza para quedarme de pie en ropa interior. Mis bragas fueron después y finalmente mi sostén. Doblé cuidadosamente cada prenda de ropa y la puse en mi bolso.

Sandra estaba inspeccionando mi cuerpo desnudo. Me sentí como un trozo de carne allí de pie. Miró mis pequeños senos y luego extendió un dedo y lo pasó por mi pezón erecto.

"Tienes unos pechos tan dulces, Erika",
me dijo.

"Gracias, señora".

"Tire de sus pezones para mí, tire de
ellos con fuerza para que pueda ver
hasta dónde puede llegar y cuánto
sobresalen después".

Miré mis pezones y tomé uno en cada
mano. Tiré de ellos con fuerza, hasta que
me dolió, mis pequeños senos se
estiraron en conos saliendo de mi
cuerpo. Cuando lo solté, los pezones se
erguían con orgullo y excitación.

"Bien hecho, Erika".

"Gracias, señora". Sus ojos continuaron
examinándome. Miró mi vagina, con su
cabello cuidadosamente recortado y

dijo: "Eso simplemente no funcionará. Voy a ir a ver un poco de televisión, Erika, y mientras lo hago, esto es lo que harás por mí". Irás a mi baño y tomarás un par de pinzas del cajón superior del tocador. Luego tomarás una toalla y vendrás a la sala de estar. Mientras yo veo la televisión, pondrás la toalla en la mesa de café y luego te sentarás en ella. y arranca tu vello púbico hasta que no quede uno".

"Sí, señora", le respondí. "¿Debería guardar mis cosas primero, Ama?"

"Date la vuelta", fue su respuesta. Me alejé de ella y antes de que pudiera continuar girándome hacia ella, sentí una palmada punzante en mi trasero.

"No te pedí que pensaras u ofrecieras sugerencias Erika".

"Lo siento, señora". Me dirigí al baño mientras Sandra se alejaba de mí. Esto fue más intenso de lo que esperaba, me di cuenta y me pregunté cuánto tiempo pasaría antes de que me quebrara y optara por no participar. Encontré las pinzas y volví a la sala donde Sandra estaba sentada frente al televisor. Coloqué la toalla sobre la mesa de café para poder ver la televisión y luego abrí las piernas para inspeccionarme.

"No, no te enfrentas a la televisión Erika, me enfrentas a mí para que pueda ver cómo te arrancas cada pequeño pelo de la vagina". Suspiré por dentro y me giré para que mi coño quedara expuesto a Sandra y comencé el largo y arduo proceso de quitarle el vello, uno a la vez.

Había estado en eso durante aproximadamente media hora cuando comencé a sentir la necesidad de orinar. No dije nada al principio y cuando Sandra salió de la habitación para ir a hacer algo, fui al baño sin pensarlo. Volví a ver a Sandra parada y esperándome.

"¿Dónde demonios has estado?" ella me preguntó.

"Al baño señora, necesitaba orinar- dije sobresaltada.

"No creo recordar haberte dado permiso para hacer eso, ¿verdad?" ella preguntó.

"No señora, lo siento mucho señora", le respondí.

"Lo siento, no es suficiente, esclavo. Acércate a la mesa de café sobre tus manos y rodillas". Hice lo que me dijo, arrodillándome como un perro sobre la mesa. "Abre más las piernas", dijo. Separé las rodillas hasta que estuvieron al borde de la mesa. Podía sentir el aire fresco de la habitación en mi ano y mi coño expuestos.

¡Zas! Sentí el escozor de la mano de Sandra en la nalga. ¡Zas! Y por el otro también.

"¿Sabes para qué es eso?" Me preguntaron.

"Por no pedir permiso señora- respondí mansamente

"Así es. Y cuando seas castigado, agradecerás a tu Ama porque te está ayudando a ser un esclavo apropiado. ¿Entiendes?"

"Sí, señora", le respondí. ¡Zas! Su mano abofeteó los labios de mi vagina y me mordí el labio en lugar de gritar. El

instinto me decía que solo me traería
más problemas.

"Gracias, señora", le dije. Ella abofeteó
mi coño otra vez, y luego otras tres veces
y luego mi trasero un poco más. Cada
vez que le di las gracias por abofetearlo.

"Ok, ahora continúa, no me gusta el pelo
en mi propiedad", me dijo. Me senté en
la toalla, mi trasero rojo por los azotes.
Miré los labios de mi vulva. Estaban
rojos por haber sido golpeados. Pero
también me sorprendió notar que había
una pequeña gota de humedad entre mis
labios. Había algo en la forma en que me
trataban que empezaba a excitarme.

Eventualmente logré arrancar el último
vello de mi coño. Me ordenaron
recostarme, abrir las piernas y tirar de
las rodillas hacia mí para quedar
completamente expuesta. Sandra se
acercó y se arrodilló entre ellos. Ella

inspeccionó mi coño de cerca, pero no lo tocó. ¡Estaba tan caliente! Tenerla tan cerca, tan cerca que si se lamía los labios probablemente tocaría mi coño, pero no tocarme de todos modos me estaba volviendo loco. Quería que me lamiera. Desesperadamente. No pensé que sería capaz de preguntar.

Después de un par de minutos de esto, Sandra me lamió con una buena lamida larga desde la base de mi raja hasta la parte superior. Pero eso fue todo. Podía sentir mis jugos listos para rezumar de mi coño y cuando me permitieron sentarme, me toqué, mi dedo se deslizó muy levemente entre mis labios.

"Veo que realmente no entiendes esto Erika", me dijo Sandra cuando me vio hacer esto. "No haces NADA, sin mi permiso. No vas al baño y no te masturbas. Ven aquí, creo que necesito reforzar la lección".

Pensé que estaba a punto de ser azotado de nuevo. Y a pesar del hecho de que había dolido un poco, me encontré deseando hacerlo. Pero Sandra me llevó a una silla de madera. Tenía un respaldo de listones de madera y un asiento de madera maciza. Había una pequeña depresión en forma de trasero moldeada en el asiento y me senté allí como me indicaron.

"Dame tus manos", dijo Sandra detrás de mí. Los puse detrás de mí y fueron agarrados y rápidamente atados a la silla. Sandra dio la vuelta frente a mí y también me ató los tobillos a la silla. Luego empujó la silla (conmigo en ella, por supuesto) hacia donde yo estaría sentado y observándola. Luego Sandra fue a la cocina y volvió con un gran vaso de agua.

"Bebe esto Erika", me dijo. Puso el vaso en mis labios y llegué a través de la mitad sin respirar. Luego lo levantó y lo vertió en mi boca. No me lo esperaba y había más de lo que podía soportar. Se desbordó más allá de mis labios y corrió por mi cuello y pechos hasta el asiento. Estaba sentado en un charco muy poco profundo. Podía sentir el agua fría en mi ano y labios vaginales. Sin embargo, había poco que pudiera hacer para moverlo.

Sandra me dejó solo y me abandonó a sentarme a verla ver la televisión. Cada vez que pasaba un comercial, llenaba el vaso y me hacía beber. Esto continuó durante dos horas.

Nuevamente sentí la necesidad de orinar. me estaba desesperando Había perdido la cuenta de la cantidad de agua que había bebido, ¡pero mi vejiga estaba a punto de explotar! Me retorcí en mi asiento, pero ninguna posición ayudó.

"¿Necesitas orinar esclavo?" Sandra me preguntó cuándo me vio haciendo esto.

"Sí, señora", respondí, aliviada de que iba a poder ir al baño.

"Entonces tienes mi permiso para orinar", respondió ella.

"Um, ¿puedes desatarme para que pueda orinar, señora?" Yo pregunté.

"No necesitas ser un esclavo desatado, solo orinar", dijo Sandra.

"¿Aquí?" Pregunté, confundido.

Sandra se acercó y tomó mi pezón izquierdo entre el pulgar y el índice. Ella tiró de ella con fuerza. "Presta atención.

Pee", dijo, dándole otro tirón. Traté de relajarme. No fue fácil. Sandra estaba de pie justo en frente de mí. No estaba acostumbrado a que alguien me mirara hacer esto. Yo tampoco estaba acostumbrado a estar atado.

Podía sentirlo venir, ese subidón inicial, el flujo hacia mis labios desde mi vejiga.

"No me hagas perder el tiempo esclava, pipí", me dijo Sandra. Y entonces lo sentí. Mi orina estalló entre mis labios como una inundación rompiendo un dique. Salió a chorros por la silla y luego por el borde, mezclándose con el agua que se había acumulado a mi alrededor.

Sandra se arrodilló frente a mí y, mientras yo miraba con asombro, se inclinó hacia delante de modo que el chorro de mi orina salpicó toda su blusa.

"Oh, buena chica", me dijo y me sentí complacido de que me felicitaran. Observé cómo mi orina empapaba la blusa de Sandra hasta que no quedó nada para orinar. Se inclinó hacia adelante y pasó su dedo por la orina que se había acumulado alrededor de mi trasero y mi coño, luego lo levantó hacia mi pezón, limpiándolo. Fue un toque húmedo y eléctrico que envió una emoción a través de mi cuerpo. Luego se puso de pie y me dejó allí. No sabía qué hacer. Me quedé sentado en un charco poco profundo de mi propia orina.

Sandra regresó. Llevaba de nuevo el vaso de agua. Ella me hizo beberlo. Luego me agarró del pelo y tiró de mi cara hacia su pecho.

"Chúpame mi teta, esclava ", me dijo. Empujó su pecho en mi cara y yo abrí la boca y chupé su pecho, vestido como estaba con su blusa que estaba empapada con mi orina.

"Sabes, me está empezando a gustar tu esclavo. Si eres muy bueno, incluso podría dejar que me hagas correrme más tarde". Se quitó la blusa y luego el sostén. Casi literalmente babeé cuando vi sus pechos. Ellos fueron increíbles. Dejó caer su ropa en el charco de orina y agua y luego simplemente se sentó y vio la televisión, dejándome todavía sentada en un charco que se enfriaba rápidamente y que podía sentir en mis labios desnudos y mi pequeño ano fruncido.

Debo haberme sentado allí durante otra media hora, preguntándome si iba a estar aquí toda la noche.

"Es hora de que me vaya a la cama", me anunció Sandra, de pie frente a mí con sus pechos maravillosamente grandes expuestos, provocándome. "Voy a desatarte ahora Erika y quiero que sigas mis instrucciones. Me prepararé para ir a la cama. Mientras hago eso, limpiarás este desastre. Luego entrarás en mi habitación y me lamerás hasta que me lames". Me corro. ¿Entiendes?"

"Sí, señora", le respondí. Sandra se colocó detrás de mí y me desató. Me froté las muñecas mientras Sandra se alejaba y luego me puse manos a la obra para limpiar el desorden del suelo, la silla y la blusa de Sandra. Escuché la ducha y consideré brevemente que sería una gran oportunidad para darme placer, pero fui cauteloso. Conociendo mi suerte, me atraparían y me castigarían de nuevo. Y quién sabe qué se le ocurriría a Sandra a continuación.

Entré en el dormitorio a tiempo para verla salir del baño, desnuda. Ella era tan sexy. Sandra se tumbó en la cama y abrió las piernas. "Cómeme esclavo", me dijo.

Me arrastré entre sus piernas, mirando su coño sedoso y sin pelo. Sus labios ya estaban hinchados, obviamente listos para algo de amor, su clítoris erecto y asomando entre sus labios. Usé mis dedos para separar sus labios y luego pasé mi lengua a través de su raja, empujando dentro y luego hacia arriba y sobre su clítoris.

"Oh, sí", murmuró antes de animarme y exigir que continuara. Mi lengua trabajaba una y otra y otra vez sobre su coño, adentro y afuera y adelante y atrás. Podía sentir mis propios jugos rezumando entre mis labios, estaba tan excitado. Quería un poco de atención, pero me concentré en complacer a mi ama. Ella sabía maravillosa.

Escuché que su respiración se acortaba, se corría en jadeos y jadeos y luego mi cabeza estaba atrapada entre sus muslos mientras se corría, ¡escupiendo un chorro de líquido en mi cara! Lamí y sorbí y Sandra gritó, convulsionándose de placer.

"Buena chica, Erika", dijo cuando se detuvo y me sorprendió lo feliz que estaba de recibir tales elogios. Sandra miró la mancha de humedad que se extendía sobre su sábana y sonrió.

"Creo que necesitaré un esclavo de hoja limpia". Me dijo dónde encontrarlo y fui a buscar uno para ella. Después de ponerlo en la cama (Sandra mirándome todo el tiempo) le pregunté qué le gustaría que hiciera con el mojado.

"Oh, puedes dormir con ese cariño. A los pies de mi cama", me informaron. Sandra me hizo acostarme a los pies de su cama y me ató un tobillo al poste de la cama para que no pudiera alejarme mucho de ella. Me dijo que abriera las piernas para poder echar otro vistazo a mi coño. Pasó un dedo por mi raja y mi espalda se arqueó, tratando de mantener el contacto el mayor tiempo posible. Su dedo fue empujado dentro de mí y grité y el placer que finalmente llegué a sentir después de un día de privaciones. Estaba retirado y vi como Sandra lo limpiaba.

"Buenas noches esclavo". Ella saltó sobre la cama. "Y en caso de que te lo estés preguntando, si necesitas orinar, hazlo allí a menos que te desate por la mañana". Y con eso no supe nada más de ella.

Me tomó bastante tiempo irme a dormir, pero finalmente lo logré.

Cuando desperté, encontré a Sandra parada frente a mí, desnuda. Era la vista más hermosa de sus piernas largas y largas, más allá de su raja calva, hasta la curva de la parte inferior de sus senos, su cabeza inclinada hacia adelante para que yo estuviera mirando a la cara. Me estiré y descubrí que ya me habían desatado.

"Estos son para ti", me dijo y me dejó caer un par de bragas de algodón azul, sonriendo.

"Oh, gracias, señora", le dije, genuinamente complacido. Observó cómo me los ponía y luego me hizo pararme frente a ella.

"Señora, ¿puedo usar el baño?" Le pregunté un poco nerviosa.

"No. Arrodíllate", me dijo. Me arrodillé ante ella. "Cuando estés listo para irte, orina las bragas, esclava. Quiero verte mojarlas". Se sentó con las piernas cruzadas frente a mí y esperó. No pasó mucho tiempo hasta que no pude contenerme después de despertarme. Sentí ese cosquilleo y prisa y luego las bragas se estaban mojando, mi orina empapaba la tela y luego corría por mi pierna. Los separé un poco y cayó sobre la sábana sobre la que había dormido.

"Me gusta verte orinar, esclava", dijo Sandra. "Ahora puedes mirarme". Se paró frente a mí y se inclinó ligeramente hacia atrás, separando sus labios con los dedos. Apenas me había dado cuenta de lo que estaba haciendo cuando un fuerte chorro de orina caliente salió disparado de ella como un resorte, golpeándome en el pecho, recorriendo mis pezones y mi vientre y bajando hasta mi coño. Sentí su cálido pis en mis labios calvos.

"Oh, te estás convirtiendo en una esclava maravillosa, ni siquiera te inmutaste", me dijo Sandra, sonriendo. Extendió sus manos y puse las mías en las suyas. Me puso de pie y me atrajo hacia ella, mi cuerpo mojado con su orina presionada contra la suya. Mi rostro estaba justo por encima del nivel de sus pezones y me sentí aplastado contra sus increíbles tetas. Tenía tantas ganas de chupar su gran pezón.

"Ven a bañarte conmigo Erika", dijo Sandra. Fuimos al baño y pronto estaba de pie en la alcoba con ella, en particular, todavía con el par de bragas. Sandra me hizo lavarla a fondo, prestando atención a su ano e insistiendo en que deslizara mi dedo dentro de su apretado agujero. Luego me quitó el jabón y empezó a lavarme el cuerpo.

Nunca había anhelado el toque de una mujer como lo hice cuando comenzó a pasar sus manos sobre mis pequeños senos. Tocó, pellizcó y jugueteó con mis pezones y gemí con cada toque.

Sandra movió el chorro de agua para que no me alcanzara y luego su mano bajó dentro de las bragas, enjabonándome las nalgas. Sentí su dedo empujando mi ano y lo empujé hacia atrás, sintiendo que se deslizaba un poco dentro.

"Esto debe estar matándote Erika, apuesto a que todo lo que quieres en este momento es correrte"

"Oh, sí, Ama", logré decir con un temblor en mi voz. La vi tomar una navaja y girarla en su mano. Empezó a untar jabón por todo el mango y sentí que las bragas bajaban por mis piernas. Me giró de cara a la pared y me hizo colocar las manos delante de mí, abriendo las piernas. Entonces la punta del mango de la navaja fue empujada hacia mi ano. Gemí y fue empujado más fuerte.

Sandra no se detuvo hasta que toda la mano estuvo profundamente en mi trasero, solo el extremo acampanado donde normalmente se montaría la navaja le impidió deslizarla más adentro. Lo retorció dentro de mí, la curva del mango girando en mi trasero. Fue casi suficiente para llevarme al orgasmo. Casi, pero no del todo.

Luego lo retiraron, me lavaron el trasero y las bragas volvieron a su posición. Una vez más, mi coño había sido abandonado. Salimos de la ducha y Sandra se secó. No me dieron una toalla.

Sandra luego me llevó a la habitación y me dijo que tenía algunas cosas de las que ocuparse. Cuando me acostaron en su cama y me ataron, me dijo que tenía una buena idea de lo cachondo que estaba y que no confiaba en que no llegaría al orgasmo mientras ella no estaba. Así que estaba atada con espacio para moverme, pero no lo suficiente para alcanzar ninguno de los nudos o mi vagina. Lo mejor que pude hacer fue poner una mano en mi pezón.

Entonces yo estaba sola.

Horas más tarde me despertó el sonido
de voces que entraban en el dormitorio.

SEGUNDA PARTE

El timbre sonó.

"Ve a ver quién está en la puerta Erika", escuché que gritaba Sandra. Fui a la puerta, aprensiva. Después de todo, se me permitía usar nada más que un par de bragas en la casa, así que quienquiera que estuviera allí estaba a punto de ver mis pequeños senos y mis pezones erectos.

Tentativamente, miré por la mirilla y vi a un hombre parado allí.

Era difícil decir cómo era realmente a través de esa vista distorsionada, pero estaba vestido con un traje.

"Genial, pensé, ¡estoy a punto de darle a un vendedor la mayor emoción de su año!" Abrí la puerta y la abrí lo suficiente para poder mirar a su alrededor.

"¿Sí?" Yo pregunté.

"¿Está Sandra?" me preguntó, sus ojos moviéndose de mi cara hacia mi cuello y clavícula. Se lamió los labios. Creo que sabía que yo no estaba debidamente vestido detrás de la puerta.

"¿Quién puedo decir que está llamando?"

"Dan".

"Espere aquí un momento, por favor", le dije y cerré la puerta. Fui en busca de Sandra y la encontré saliendo del baño.

"Hay un Dan aquí para verte , Sandra", le informé.

"Oh, qué hermoso", exclamó. "Por favor, ve y déjalo entrar, luego tráelo al salón".

Regresé a la puerta y la abrí, esta vez lo suficientemente amplia como para que Dan pudiera entrar. Sentí sus ojos viajar arriba y abajo de mi cuerpo y me sentí reaccionando a la evaluación franca. nada fue dicho, pero Dan entró en el vestíbulo para que yo pudiera cerrar la puerta.

"Sígueme, por favor", le dije y me alejé en dirección al salón. Una mirada por encima de mi hombro aseguró que me estaba siguiendo, y también me dijo que sus ojos estaban en ese momento, pegados a mi trasero vestido con bragas.

Llevo a Dan al salón donde Sandra estaba sentada en el sofá. Se puso de pie cuando llegó Dan y se acercó para abrazarlo.

"¡Hola, Dan, es tan bueno verte!" ella dijo.

"Igualmente Sandra. Estaba en la ciudad por negocios y tuve que pasarme".

"¿Quieres una bebida?"

"¿Escocés?" preguntó Dan.

"Por supuesto. Erika, por favor tráele a Dan un whisky escocés. Con hielo, ¿sí?" dijo ella, confirmando con Dan. Él asintió y me dirigí al gabinete de licores al otro lado de la mesa de café desde donde él y Sandra ahora se habían sentado en el sofá. "Y consigue uno para mí también", agregó.

Me incliné, manteniendo las rodillas rectas mientras recuperaba la botella del armario, seguro de mantener mi coño vestido de panty directamente a Sandra como me habían dicho cuando recuperaba las cosas desde abajo. A Sandra le gustaban mis piernas y no era de las que me hacían perder la oportunidad de admirarlas.

Le pasé un trago a Dan y luego le di a Sandra el suyo antes de que ella dijera: "Gracias, Erika, puedes sentarte en ese cojín". Me indicó un cojín en la esquina del salón y fui y me senté, con las piernas cruzadas, consciente del hecho de que Dan permitía que su mirada recorriera mis pechos de vez en cuando mientras hablaba.

Habían estado charlando durante aproximadamente media hora y yo había reabastecido sus bebidas un par de veces cuando Sandra le dijo a Dan después de que él me volviera a mirar: "¿Entonces te gusta mi nuevo juguete?"

"Mucho, es extremadamente linda, Sandra, lo has hecho muy bien".

"Sí, ella también ha aprendido bastante rápido", dijo Sandra y sentí un cálido resplandor por el elogio.

"Hay algo en esos pequeños senos que sigue atrayendo mi atención", dijo Dan. "No puedo identificarlo, porque por lo general me gustan más las chicas agradables y rollizas como tú, pero hay algo en ella..."

"Sé lo que quieres decir", respondió Sandra, "yo era igual al principio. Ahora lo doy por sentado. Después de todo, ella todavía responde a un buen tirón de pezones".

"¿Te importa si lo intento?"

"Por supuesto que no. Erika, ven aquí, por favor". Me puse de pie y caminé hacia donde estaban sentados los dos. "Arrodíllate aquí". Me arrodillé ante ellos. Dan alargó la mano y la pasó por mi pecho antes de tomar mi pezón izquierdo entre el pulgar y el índice. Tiró y giró y sentí un dolor agudo disparar a través de mi pecho. Gemí, incapaz de contenerme.

Sandra extendió la mano y tiró de mi pezón derecho al mismo tiempo y gemí de nuevo.

"Son hermosos pezones pequeños, ¿verdad?" le dijo a Dan, quien estuvo de acuerdo con ella. Los dos continuaron jugando con mis pezones por un rato y luego, de repente (al menos eso me pareció a mí) se detuvieron y reanudaron su conversación. Simplemente me arrodillé allí, sin haber recibido instrucciones de hacer nada más.

Luego me pidieron que trajera más bebidas e hice eso. Después de entregarlos, dudé, sin saber a dónde se suponía que debía regresar, arrodillándome frente a ellos o en la esquina. Sandra debe haberlo notado y me indicó que me arrodillara ante ellos nuevamente.

"Pero quítate esas bragas, quiero que Dan vea tu coño desplumado..." añadió cuando estaba a medio camino del suelo. Me levanté de nuevo y me bajé las bragas por las piernas, revelando mi montículo suave y calvo. Dan se sentó y me admiró, su mirada se mantuvo en mi coño.

"Bueno, ciertamente tiene un coño encantador, ¿dijiste que está desplumado?" Dan dijo, una mano ajustando la entrepierna de sus pantalones.

"Sí, ya sabes que no me gusta el pelo y afeitarme la barba es desagradable, así que la hice sentarse allí y arrancarse un pelo a la vez. Fue muy agradable y creo que su coño se ve mucho mejor".

"Apuesto a que es agradable y apretado".

"Todavía no lo sé, no le he permitido que le haga nada a su coño y tampoco lo he hecho desde que llegó aquí. Tiene que ganarse el derecho a que la follen como es debido en esta casa". aunque", agregó Sandra, recogiendo mis bragas descartadas y mostrándole a Dan el rastro húmedo en la entrepierna.

Que hablaran de mí como si yo no estuviera allí estaba empezando a excitarme. El ser tratado como un objeto al principio me había desmoralizado, pero ahora me decía: "Este es tu papel y eres apreciado. Disfrútalo y deléitate". Obviamente, también estaba excitando a Dan, porque tenía una erección evidente en los pantalones.

"¿Por qué Dan? ¿Hay algo con lo que necesites ayuda?" Sandra le preguntó mientras se acomodaba. Ella extendió una mano y acarició su pene a través de sus pantalones.

"Agradecería un poco de ayuda".

"Entonces será mejor que te pongas de pie", le dijo. Dan se puso de pie y Sandra me dijo que le desabrochara los pantalones y le sacara la polla, pero que no la tocara. Desabroché su cinturón y luego el botón y bragueta de sus jeans que se deslizaron al suelo. Tenía unas piernas increíbles y debía de ser ciclista porque carecían de cabello. Su pene empujó contra sus calzoncillos, que me quité, con cuidado de maniobrarlos sin atrapar o tocar su pene. Era largo, grueso y muy impresionante. Quería estirar la mano y sostenerlo, pero sabía que eso significaría más problemas de los que podía imaginar.

Dan se recostó en el sofá y Sandra se inclinó y comenzó a lamer a lo largo de la polla de Dan. Vi su lengua bailar suavemente a lo largo de las venas y enrollarse alrededor de la cabeza. Dan gimió.

"Puedes jugar con sus tetas Dan y puedes tocar su montículo, pero no toques ni penetres sus labios", le dijo Sandra antes de tomar bien su polla en su boca. Ella lo deslizó suavemente arriba y abajo de su longitud.

Dan extendió la mano y me acercó a él por mi pezón derecho. Los dedos de su otra mano bailaron sobre la suave piel de mi montículo, peligrosamente cerca de mis labios, pero sin tocarlos nunca. Luego tiró de mis pezones de nuevo. Duro. Me dolió, tiró tan fuerte que estaba seguro de que los estaba lastimando, pero no grité, solo me quedé allí y tomé el dolor, enfocándome en Sandra con una polla deslizándose dentro y fuera de su boca.

Se detuvo y se quitó la blusa por la cabeza antes de soltarse el sostén, sus enormes pechos se derramaron deliciosamente libres. Agarró la polla de Dan y la colocó entre sus pechos, usando sus manos para atraparla entre sus mamas. Luego ella goteó saliva de su boca sobre la parte superior de su polla y comenzó a deslizar sus pechos arriba y abajo de su polla, a ambos lados de la misma.

Dan dejó de prestarme atención y vio como Sandra le follaba la polla con las tetas. Luego comenzó a trabajar su camino hacia arriba por su cuerpo con la lengua hasta que estuvo acostada sobre él con sus senos aplastados contra su pecho y sus piernas separadas a ambos lados de él. Dan tiró de su falda hasta que se arrugó alrededor de su cintura. Luego agarró sus pantimedias y las rasgó en dos. Sandra no usaba bragas debajo de sus medias.

Sandra se inclinó hacia adelante y Dan agarró su polla, apuntándola a su coño. Empujó hacia abajo y se deslizó a lo largo de su poste, incrustándolo dentro de ella. Me paré junto a ellos mientras Sandra cabalgaba arriba y abajo sobre su polla rígida, esperando y preguntándome qué haría yo. Sandra debe haber leído mi mente.

"Ven aquí", me dijo y tan pronto como estuve lo suficientemente cerca, tomó un pezón en su boca, chupándolo con avidez mientras rebotaba arriba y abajo. Luego, Dan empujó a Sandra hacia atrás hasta que cambiaron de posición y se sostuvo sobre ella, introduciendo su polla en ella en una posición misionera, sus bolas golpeando contra ella con cada empuje hacia adentro.

Lo escuché gruñir y lo vi contenerse, obviamente disparando su semen profundamente dentro de ella, antes de sacar su polla.

"Gracias Sandra, eso fue tan maravilloso como siempre", le dijo.

"Límpialo Erika, usa tu boca", dijo Sandra, mirándome. Me arrodillé y Dan se sentó con las piernas abiertas en el sofá, su pene no estaba completamente gastado, brillando con sus jugos combinados. Usé mi boca, chupando y lamiendo su polla, limpiándolo de su placer. Mientras lo hacía, se levantó de nuevo a un estado completamente erecto y me deleité con tener una polla tan grande para chupar.

"Detente Erika, está limpio. Necesitas limpiarme ahora. Y esta vez no te detendrás hasta que me corra". Sandra me dijo. Me moví entre sus piernas y ella se deslizó hacia adelante hasta que su trasero quedó colgando en el borde, con las piernas separadas para mí.

Admiré su coño y apliqué mi lengua suavemente a sus labios, lamiendo y limpiando. Entonces vi el semen rezumar de entre sus labios y descender hacia su ano. Lo perseguí con mi lengua, teniendo que lamer todo alrededor y sobre su agujero fruncido para cumplir con las demandas de la tarea que me habían encomendado. Sandra gimió en

voz alta cuando mi lengua bailó sobre su
ano.

Probé entre sus labios, lamiendo,
chupando, limpiando el semen de ella y
luego me moví hacia su clítoris. Pasé mi
lengua por la parte superior y luego
hacia abajo antes de dar vueltas y
vueltas. Pude ver a Dan acariciando su
polla por el rabillo del ojo mientras me
miraba actuar en mi señora.

Me instalé en un ritmo y fui
recompensado cuando escuché a Sandra
gritar y su cuerpo se contrajo con su
orgasmo.

Cuando se recuperó me dijo que ya
podía volver a la esquina. Era muy
consciente de lo mojado que estaba mi
coño mientras volvía a cruzar la
habitación. Dan y Sandra se sentaron y
charlaron un poco más, sin ver que

valiera la pena preocuparse por restaurar su ropa.

"Ciertamente es un juguete joven encantador", dijo Dan en un momento. "¿Hay alguna posibilidad de que pueda correrme en su boca?"

"Tengo otra idea. Ha sido muy buena y merece una recompensa. No tan buena, eso sí", agregó Sandra cuando vio que sus ojos se iluminaban. "Ven conmigo Erika", dijo. Seguí a Sandra hasta el dormitorio donde me esperaba con un trozo de cuerda. Me hizo sostener los brazos a los costados y me ató la cuerda a la altura del codo para que pudiera mover la parte inferior de los brazos, pero no la superior. Era lo suficientemente largo como para poder enrollarlo una y otra vez sobre mi pecho, atando mis brazos completamente inmóviles, dejando suficiente longitud para que pudiera guiarme por él.

Y lo hizo, de vuelta al salón donde Dan estaba esperando, con varios tramos más de cuerda colgando de su otro brazo.

"Esto parece prometedor", dijo Dan mientras nos observaba acercarnos.

"Arrodíllate Erika", me dijo Sandra. Me arrodillé y sentí que Sandra pasaba otro trozo de cuerda por la parte posterior de mis piernas. "Ahora siéntate sobre tus talones y luego inclínate hacia adelante para poner tu cabeza en el suelo de manera que tus rodillas estén contra tu pecho". Así lo hice. El trozo de cuerda que ahora estaba atrapado detrás de mis rodillas por mis piernas dobladas fue subido por la parte de atrás de mi cuello y luego atado delante de él. Sandra ajústame un poco.

Al final tenía mis antebrazos y pantorrillas en el suelo, doblados para que no pudiera moverme, mi trasero apuntando detrás de mí. No era cómodo y esperaba que solo pudiera significar que Sandra iba a dejar que Dan me cogiera y me diera un poco de alivio.

Tuve casi esa suerte.

"Estoy guardando esto para mí", escuché a Sandra decir detrás de mí mientras un dedo recorría muy lentamente el labio externo izquierdo de mi coño. Me estremecí con el toque. "Pero creo que es hora de que este juguete se use un poco. Después de todo, los juguetes son para jugar, no para dejarlos en el estante en su envoltorio. Así que voy a dejar que te la cojas, Dan, aquí mismo".

Sentí su dedo descansar ligeramente justo en el centro de mi ano.

"Ahora hay un regalo que estaré encantado de aceptar", respondió Dan.

"Déjame prepararla para ti", dijo Sandra. Salió de la habitación y volvió. Lo primero que sentí fue su lengua, lamiendo suavemente alrededor de mi ano. Fue salvaje. Quería responder, pero estaba demasiado atado para hacerlo. Entonces sentí algo frío correr por mi trasero.

Sandra comenzó a frotarlo en mi ano. Debe ser lubricante, pensé para mis adentros. Empujó mi ano sin penetrar, pasando el dedo o el pulgar de un lado a otro a través de la entrada por un rato hasta el punto donde me clavó el dedo. Jadeé cuando ella lo deslizó firmemente más allá de la resistencia del anillo de mi músculo.

Lo deslizó dentro y fuera varias veces antes de aplicar más lubricante y empujar un segundo dedo con el primero. Jadeé.

"Ok Dan, ¿crees que puedes manejarlo?" preguntó, riendo.

"Oh, estoy seguro de que puedo", respondió. Sentí la cabeza de su gran polla descansando contra mi ano. La presión aumentó lentamente hasta que pude sentirlo aflojarse dentro de mí. Me mordí el labio para sofocar cualquier ruido que pudiera hacer mientras lenta pero firmemente se abría paso dentro de mí. No podía creer lo grande que se sentía. Quería tiempo para adaptarme, para prepararme para lo que venía, pero no me lo permitieron. Empujó adentro implacablemente y no tuve más remedio que dejarlo. Y luego se detuvo. Sostuvo su pene tan dentro de mí que pensé que debía haber estado listo para empujar mis amígdalas. Y luego volvió a salir. Fue increíble.

Empujó de nuevo; deslizándome de nuevo y sentí a Sandra goteando lubricante sobre nosotros mientras nos uníamos de nuevo. Goteaba más allá de su polla y mi ano hasta mi coño y ansiaba que me lo tocaran. Dan comenzó a follarme el culo ahora y cuando me adapté, realmente lo disfruté, meciéndome muy ligeramente para alentar su invasión de mi trasero.

Quería que me tocaran el clítoris. yo estaba en llamas Sabía que solo me tomaría el más mínimo toque para hacerme correrme como nunca antes, pero no había nada que pudiera hacer para lograrlo. Y luego vino Dan, inundando mi trasero con su semilla.

"Muchas gracias, Sandra", ofreció antes de dirigirse al baño.

"Déjame limpiarte, Erika", dijo Sandra en su ausencia. Sentí su lengua lamiendo la raja de mi coño hasta mi ano donde lamió y chupó hasta que no quedó semen.

"Bueno, Sandra, tengo que irme", dijo Dan, volviendo del baño. "Gracias por una visita tan agradable".

"Cuando quieras, Dan, me alegro de que hayas venido", respondió ella. Ella lo acompañó hasta la puerta. Me hizo rodar sobre mi costado, todavía atado y luego se sentó a ver la televisión.

Me acosté en el suelo, apenas podía ver la televisión, de espaldas a Sandra. No podía girar la cabeza lo suficiente para verla. Era inevitable que sucediera y, a pesar de que esperaba lo contrario, necesitaba orinar.

"Por favor, señora, necesito ir al baño",
le dije, sin esperar que me lo
permitieran, pero tenía que preguntar
por si acaso.

"Bueno, estoy viendo la televisión y no
tengo tiempo para desatarte, así que
puedes aguantar hasta el final del
programa o simplemente hacer tus
necesidades. Intenté aguantar, pero fue
en vano, eventualmente, antes del final".
del espectáculo, no tuve más remedio
que dejar que mi orina se fuera.

Cuando terminé estaba tirado en mi
orina en el suelo y me sorprendí cuando
sentí que Sandra se había movido hacia
mí. Sentí su mano acariciar mi cadera y
el deslizamiento hacia abajo sobre mi
nalga para tocar mi coño empapado en
pis con sus dedos. Los pasó de un lado a
otro a lo largo de mi raja y pronto la
humedad que me cubría cambió. Un

dedo probó mi ano y lentamente trabajó dentro y luego, para mi completa sorpresa, uno se deslizó dentro de mi coño.

Gemí, era el primer contacto directo que había hecho con mi coño y de repente me di cuenta de cuánto lo había deseado. Entonces Sandra fue soltando las cuerdas que me ataban.

"Ven conmigo, es hora de que nos divirtamos un poco más". Descartando el último de los cables me levanté lentamente del suelo, masajeando mi cuerpo donde habían sido asegurados. Había estado en esa posición durante una buena hora y tropecé un poco en mi primer paso. Sandra me llevó al cuarto de baño y abrió la ducha.

Sandra pasó su mano arriba y abajo por el costado de mi cuerpo que había estado en mi orina. Su mano mojada ahuecó mi pecho y luego bajó la cabeza hacia mi pezón y lo chupó. Luego abrió la puerta mosquitera de la alcoba de la ducha y entró, haciéndome señas para que la siguiera.

"Arrodíllate allí Erika", dijo, señalando el piso frente a ella. Me arrodillé en el suelo, mi cara al nivel de su coño, los ojos mirando hacia arriba, maravillándome de la parte inferior de sus senos colgantes. El agua salpicaba la espalda de Sandra y solo logré obtener un chorro ocasional mientras se movía.

Sandra llevó sus manos a su coño y abrió sus labios ante mí, luego se inclinó ligeramente hacia atrás. Parte del agua ahora caía en cascada sobre sus hombros hacia mí, mientras que otra parte corría entre sus senos hasta su vagina. Mientras observaba, mis ojos examinaban su belleza y almacenaban la vista, ella comenzó a orinar. Un chorro de orina caliente salió de su coño y me golpeó en el cuello. Sandra se inclinó hacia adelante de nuevo, observando cómo meaba encima de mis tetas.

"Abre la boca Erika, bebe mi orina". Me senté mirándola, sin moverme. "Erika, eso no fue un pedido, fue una orden. Bebe mi orina". La corriente se había detenido ahora, Sandra obviamente se contuvo en busca de una señal de mi voluntad de cumplir con su pedido. Extendió una mano y agarró mi cabello, inclinando mi cabeza hacia atrás y pasando por encima de mí para que su coño estuviera a solo una pulgada de mi boca.

"No hagas esto difícil, juguete. Obviamente no estás listo para el placer que te iba a permitir tener". Sentí su orina golpear mis labios y los mantuve apretados mientras los inundaba y bajaba por mi cuello y pecho. Cuando terminó, se alejó de mí y luego salió de la ducha. Volvió a meter la mano y cerró el agua.

No me moví porque podía sentir que el estado de ánimo había cambiado. Sandra se secó lentamente y luego salió de la habitación. Cuando volvió, tenía los trozos de cuerda del salón. Estaban notablemente húmedos. Sandra tomó uno y lo enroscó alrededor de mi cuello antes de decirme que la siguiera. No estaba apretado y también noté que no era un nudo corredizo en absoluto, parecía simplemente estar definiendo la relación entre nosotros nuevamente. Amo y sirviente.

De vuelta en el dormitorio, Sandra me dijo que me pusiera en posición de perrito. Hice lo que me dijo y ella fue a su armario. Después de hurgar en el interior durante un rato, volvió con un enorme consolador negro y un tubo de lubricante. Rápidamente comenzó a lubricar mi ano con varios dedos que ahora empujaba dentro de mí. Luego se colocó frente a mí y derramó lubricante por el enorme trozo de goma que sostenía, justo en frente de mis ojos. No tenía idea de cómo se suponía que encajaría en mi ano.

Pronto lo descubrí, aunque lentamente pero con firmeza lo empujó contra mi agujero fruncido. Podía sentirme estirándome, más de lo que nunca me habían hecho antes. Estaba seguro de que me iba a desgarrar el ano, pero sabía lo que estaba haciendo. Le tomó 15 minutos estar satisfecha con la cantidad de ese monstruo que tenía en mi trasero y luego se detuvo. Respiré aliviado cuando dejó de empujarlo más profundo. Estaba sobre mis manos y rodillas y podía sentir que comenzaba a salirse de nuevo cuando ella lo soltó. Sin embargo, esto se detuvo rápidamente cuando Sandra ató un cordón alrededor y luego alrededor de una pierna, la otra y mi cuello también.

Acostándome de lado, mis manos estaban atadas a la pata de la cama y mis tobillos atados juntos.

"Buenas noches, juguete", dijo Sandra.

"Buenas noches, señora", le respondí en voz baja. Realmente no dormí esa noche. Simplemente no estaba lo suficientemente cómodo. Me dormí de vez en cuando, pero eso fue todo. Y cuando necesitaba orinar en medio de la noche, no intentaba hacer nada más que orinar donde estaba.

Cuando Sandra despertó, fue directamente a su armario y sacó un látigo de cuero. Volvió a ponerme en posición de perrito y luego agitó el látigo contra mi trasero.

Zas!. Me estremecí, sintiendo el escozor del cuero.

"Creo que después de esto, realmente entenderás mi necesidad de obediencia total", fue lo único que me dijo antes de que el látigo golpeara mi espalda y mi trasero una y otra vez. No tenía la piel rota, pero dolía y sabía que habría muchas marcas rojas si pudiera verme en el espejo.

Después de un tiempo me dejaron de nuevo y no me moví. Cuando Sandra volvió tenía una silla. Lo puso frente a mí y luego salió de la habitación de nuevo. Esta vez, cuando regresó, tenía dos tazones de cereal. Colocó uno en el suelo delante de mí y se sentó en la silla con el otro.

"Come", fue todo lo que dijo. Hice ademán de levantar el cuenco con las manos, pero me detuve cuando añadió:

"Sin manos". Bajé la cara hacia el tazón y comí el cereal como un perro mientras ella se sentaba frente a mí, desnuda, comiendo su propio desayuno. Cuando hube comido todo lo que pude del cuenco, me senté sobre mis talones, esperando, con el enorme consolador todavía enterrado en mi trasero y sobresaliendo entre mis pies. Tuve cuidado de no forzarlo más. Sandra terminó su desayuno y se puso de pie, moviéndose hacia mí.

Se paró sobre mí otra vez, su coño a una pulgada de mi boca.

"Abre la boca Erika", dijo con bastante calma. Yo dudé. Me agarró del pelo tirando de él. Se sentía como si fuera a arrancarlo de mi cuero cabelludo. Abrí mi boca. Sandra empezó a orinar en mi boca. Dejé que se llenara, sin tragar y luego mi boca se desbordó y su orina corrió por mi cuello y sobre mis pechos. Parecía orinar eternamente y me pregunté cuánta agua había estado bebiendo para prepararse para esta mañana. Debe haber sido mucho.

Cuando terminó, me soltó el cabello y dejé que lo último de su orina saliera de mi boca.

"Mira, eso es lo que hace un buen juguete". Se inclinó y me besó, hundiendo su lengua en mi boca empapada en orina, luego lamiendo mi cara. Desató las cuerdas que me ataban y finalmente me quitaron el enorme juguete del ano.

"Sube a la cama Erika". Me subí a la cama y me acosté boca arriba. Sandra se movió encima de mí, sus pechos colgando debajo de ella y arrastrándose a través de mi carne. Me estremecí cuando un pezón rozó mi suave montículo y luego subió sobre mi estómago. Los aplastó contra mis pequeños senos y luego me besó, apretándose contra mi muslo.

Le devolví el beso apasionadamente y dejé que mis manos se aventuraran a sus costados y luego a sus nalgas, preguntándome si había una línea que no debería cruzar y cuál era probablemente. Pero a Sandra no parecía importarle ahora. Se sentó sobre mí y luego se movió hacia adelante hasta que estuvo presionando su coño contra mi cara. Me la comí, usando mi lengua para lamer y acariciar su clítoris, apretando toda mi boca contra ella y sondeando el interior con mi lengua. Sandra estaba apretándose contra mí y no pasó mucho tiempo hasta que se corrió.

Entonces Sandra comenzó a bajar por mi cuerpo nuevamente, esta vez besando, chupando y mordiendo con sus labios, lengua y dientes mientras viajaba por mi carne. Cuando llegó a mi coño, pensé que explotaría instantáneamente. La caricia de su lengua en mi clítoris me hizo retroceder en reacción.

Estaba tan caliente por la semana de privaciones y aleatoriedad que pensé que me dispararía al instante. Pero Sandra obviamente tenía mucha práctica y sabía lo que estaba haciendo. Provocó conmigo casi hasta el punto del orgasmo y luego retrocedió, mordisqueando y besando la parte interna de mis muslos, o usando sus dedos para tirar de mis pezones. Luego ella asaltaría mi coño de nuevo hasta casi llegar. Empujó mis rodillas hacia mi pecho y metió su lengua profundamente dentro de mí, luego lamió hasta mi ano y repitió su acción allí.

Finalmente me dio la liberación, tomando mi clítoris entre sus labios, lo jaló y lo chupó. Grité cuando mi orgasmo me atravesó, mis piernas temblaban y convulsionaban con el poder de eso. Me

sentí chorrear líquido cuando me corrí,
la primera vez. Sandra lamió mi coño,
limpiándolo y amándolo.

Después de que me recuperé, me
arrastró a la ducha donde nos
limpiamos, tocándonos y
acariciándonos. Era extraño que esta
mujer que era mi amante de repente
fuera tan sensible con sus toques. Era
como si me hubiera roto, el juego había
terminado.

Más tarde ese día me despedí de Sandra
y me fui. A menudo me pregunto si
debería ir a visitarla y a quién podría
encontrar atado en el suelo si lo hiciera.

Algún día lo haré.

FIN

www.ingramcontent.com/pod-product-compliance
Lightning Source LLC
Chambersburg PA
CBHW051818130726
47987CB00003B/1310